Bayerisch kochen

AUTORIN: BRIGITTA STUBER | FOTOS: BARBARA BONISOLLI

Praxistipps

Extra

Rezepte

Bayerische Küche

»Essen und Trinken hält Leib und Seele zusammen« – ein urbayerisches Motto. Derjenige, der deshalb die Bayern für Fresssäcke hielte, ist auf dem Holzweg.

Bayerische Brezn

Brotzeitschmankerl

Hochzeitssuppe

Die Menschen lassen sich's gut gehen in ihrer sprichwörtlichen Gemütlichkeit und genießen ihre weit über die Landesgrenzen hinaus bekannten »Schmankerl«. Für diejenigen, die mit dem Begriff nichts anfangen können, ein Erklärungsversuch: von der Menge her kein Magentratzerl mehr, aber auch noch keine Hauptspeise. Man genießt Schmankerl vormittags, wenn man in der Früh schon sehr zeitig aus den Federn musste, an einem sonnigen Nachmittag unter Schatten spendenden Kastanien oder als Mitternachtsstärkung. Ja, was ist nun ein Schmankerl? Ein guter Leberkäs zum Beispiel oder Weißwürste vom Lieblingsmetzger, Ochsenmaulsalat, schwarzer und weißer Pressack in Essig und Öl oder auch ein Saures Züngerl mit Semmelknödel. Sie werden »Ihre« Schmankerl entdecken, wenn Sie die Rezepte in diesem Buch ausprobieren.

Traditionen, Sitten und Gebräuche

Langsam aber stetig hat sich Bayern vom Agrar- zum modernen Hightech-Land entwickelt. Romantische Märchenschlösser und ein beeindruckendes Alpenpanorama stehen in reizvollem Kontrast dazu. »Mit Laptop und Lederhose« gelegentlich (neidvoll?) belächelt sind die Bayern bodenständig geblieben. Im Wesentlichen bewahren sie ihr Brauchtum aus Liebe zu den Wurzeln. Mit einem Augenzwinkern aber auch, weil sich die Touristen gar so dran erfreuen. Im familiären Rahmen werden oft noch echte Traditionen gelebt.

Der Schweinebraten war früher dem Sonntag vorbehalten. Die Woche über kamen Mehl- oder Kartoffelspeisen, Wollwürste oder eine Weiße vom Ring mit Gemüse oder Salat auf den Tisch. Gesunde Mischkost gab der Geldbeutel vor. Fleischverzehr war vor allem eine Wohlstandsfrage.

Das ganze Jahr über haben festliche Bräuche ihren Platz. Vor allem an Ostern gibt es eine Reihe von Traditionen. Am Gründonnerstag isst man Kräutlsuppe (eine Variante davon finden Sie auf Seite 20) oder Spinat. Am Karfreitag, an dem strengstes Fleisch- und Wurstverbot herrscht, ist nur Fisch oder eine Mehlspeise erlaubt. Die Speisenweihe am Ostersonntag ist eine feierliche Angelegenheit. In einem Korb nimmt man für jedes Familienmitglied ein gefärbtes Ei, Salz, Schinken, ein Stück vom Osterzopf und Meerrettich mit in die Kirche, um sie segnen zu lassen. Nach der Messe verspeist man das Ganze beim gemeinsamen Frühstück.

In die Hochzeitssuppe für die Gäste eines frisch vermählten Paares gehören Bratnockerl, Leberspätzle und Pfannkuchenstreifen. An Kirchweih dürfen Gansbraten und frische Auszogne zum Kaffee nicht fehlen. Was wäre ein Faschingsdienstag ohne Krapfen? Zwischen den mit Marmelade gefüllten liegt unerkannt der eine oder andere Juxkrapfen, in dem Senf steckt. Die Überraschung folgt mit dem ersten herzhaften Biss.

Gesunde moderne bayerische Kost

»Wenn sie nur nicht so deftig-schwer wären, die bayerischen Gerichte«, hört man sich innerlich seufzen, wenn man an Schweinebraten, Knödel und Schmalzgebackenes denkt. Das muss aber gar nicht sein. Mit einigen Tricks und ein paar Zugeständnissen an die Erfordernisse der modernen Ernährung, kommt die bayerische Küche plötzlich ganz schlank daher. Aber natürlich ohne dabei ihren bodenständigen Charme einzubüßen. Denn das wäre wirklich zu schade.

Deftig bedeutet würzig-aromatisch, bodenständig, handfest. Und das geht auch mit ein bisschen weniger Speck und Schmalz! Schmalztriefende Schwere ist ein Klischee von gestern. Die Menschen plagen sich nur noch selten bei körperlicher Schwerstarbeit, die viel Energie erfordert. Am Schreibtisch Arbeitende bevorzugen leichte Gerichte, kleinere Portionen, vitamin- und mineralstoffreiches Essen. Dem Anspruch wird die moderne bayerische Küche in vielerlei Hinsicht gerecht.

Die Sache mit dem Fett

Fett ist ein Geschmacksträger. Fleisch, dem Fettadern oder eine Fettschicht unter der Haut gestattet sind, macht den Braten erst richtig zum Hochgenuss, wobei man das Fett unter der Kruste häufig gar nicht mitisst. Den alten Brauch, am Sonntag einen Braten zu genießen, kann man heutzutage durchaus wieder aufgreifen! Einmal in der Woche tut er der Gesundheit keinen Abbruch. Wer die Kalorienzufuhr besonders beachtet, halbiert seine Portion oder lässt das Abendessen weg.

Kartoffel – die tolle Knolle

Für eine vollwertige und schmackhafte Ernährung sind Kartoffeln ein ideales Lebensmittel. Sie enthalten leicht verdauliche Stärke, hochwertiges Eiweiß und sind reich an Vitamin B und C. Manche bayerischen Kartoffelgerichte, wie der Erdäpfelkäs (Seite 13) oder das Kartoffelgulasch (Seite 24) sind fast schon in Vergessenheit geraten. Andere wiederum kennt man nur noch vorgefertigt aus der Tüte. Sie sollten sich einmal die Zeit nehmen, Knödel oder Reiberdatschi frisch zuzubereiten (Seiten 46 und 47). Es lohnt sich!

Die »Fünferregel«

Unverändert gilt die von Ernährungsexperten viel gepriesene Fünferregel in Sachen pflanzlicher Kost. Fünfmal am Tag sollte man Obst oder Gemüse essen. Kleine Portionen reichen. Die bayerische Küche steht diesem Anspruch nicht im Weg. Am Morgen zählt auch ein Glas Orangensaft. Vormittags schmeckt ein Apfel oder anderes Obst der Saison, zum Mittagessen als Beilage frischer Salat, nachmittags zur Brotzeit Radi oder Radieserl und abends eine wohltuende Gemüsesuppe.

Typische regionale Lebensmittel

Frische ist das A und O. Bevorzugen Sie Obst und Gemüse aus der Region. Ein Bummel über den Markt macht Spaß und regt alle Sinne an.

Obst und Gemüse aus der Region

Obwohl es heute aus aller Herren Länder in jeder Jahreszeit alles zu kaufen gibt, schätzt man erfreulicherweise wieder das, was direkt vor der eigenen Haustür wächst. Saftige Äpfel sind das ganze Jahr über, Aprikosen, Beeren und Kirschen in den Sommermonaten, Weintrauben und Zwetschgen im Spätsommer und Herbst überall aus heimischen Gefilden erhältlich.

Von den Gemüsesorten sind Blumenkohl, Möhren (bayerisch: gelbe Rüben), Lauch und Weißkohl (bayerisch: Weißkraut) ganzjährig in guter Qualität zu haben. Rotkohl (bayerisch: Blaukraut) und Wirsing gibt es nur im April, Mai und Juni nicht. Spinat hat Saison von März bis Juni und Spargel sollten Sie von April bis Juni genießen. Frische grüne Bohnen zieht man von Mai bis Oktober, Freilandgurken von Juni bis November. Feldsalat (bayerisch: Nisslsalat oder Vogerlsalat) ist ein winterlicher Vitaminspender. Er ist von Oktober bis März im Handel.

Vom Wert des Fleisches

Fleisch kaufen Sie am besten bei einem Metzger Ihres Vertrauens. Oder Sie nutzen die Direktvermarktung von Fleisch auf dem Bauernhof oder einem Bauernmarkt. Erzeugergemeinschaften beliefern bestimmte Supermärkte mit Biofleisch. Fragen Sie an der Fleischtheke danach.

Rindfleisch Für einen Schmorbraten eignen sich Hals und Nacken, Schulter, Hüfte, auch Blume genannt, und das Bürgermeisterstück. Es ist von Vorteil, wenn das Fleisch marmoriert, das heißt von Fett durchzogen ist. Für die Suppe braucht man relativ fettes Fleisch, weil Fett Aroma in den Topf bringt. Hohe Rippe, Brustspitze, Brustkern, Mittelbug, Bauchlappen, Querrippe und Beinscheiben sind die richtigen Teile.

Für Gulasch, Ragouts oder Gemüseeintöpfe nimmt man die Schulterspitze, auch falsches Filet genannt – oder den Hals. Rouladen werden aus dem dicken Bug oder der Oberschale geschnitten, Tafelspitz aus dem Schwanzstück (manchmal auch Rosenspitz oder Hüftdeckel genannt). Die Lende gibt einen Braten, Roastbeef oder Steak. Das Highlight ist zartes Filet zum Kurzbraten.

Rindfleisch

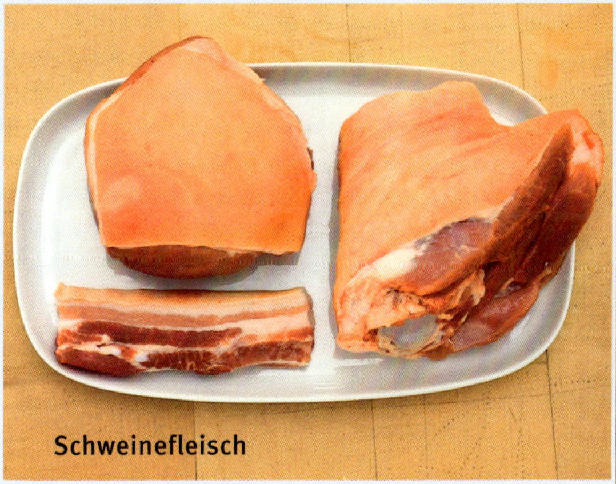

Schweinefleisch

Schweinefleisch Halsgrat gibt einen saftigen Braten, wenn auch ohne Kruste. Dafür braucht man ein Schulterstück. Das Bauchfleisch oder bayerisch »Wammerl« und Haxen werden gebraten, gegrillt oder gekocht. Flache Schulter nimmt man für Hackfleisch oder Ragouts. Aus der Nuss, Ober- und Unterschale schneidet man Schnitzel. Die Keule ergibt im Ganzen einen exzellenten Festtagsbraten.

Kalbfleisch

Kalbfleisch Filet ist das Edelste (Kalbsmedaillons). Lende, ausgelöste Kotelettstücke, Hinter- und Vorderhaxe eignen sich für große Braten, Schulter und Brustspitze für Geschnetzeltes oder Ragouts. Nuss, Hüfte und Oberschale für Schnitzel und die Unterschale für Rouladen verwenden.

Brotzeitschmankerl

Bayerische Lebensart offenbart sich in Fleischpflanzerln und Kartoffelsalat, Wurstsalat, Bauernbrot und einer kühlen Maß Bier. Leben und leben lassen ist die Devise. Der Obatzde ist ihr Inbegriff. Es gibt so viele Varianten wie es Bayern gibt. Jeder entdeckt irgendwann seine Lieblingsmischung.

Obatzda

1 große Zwiebel (150 g)
200 g reifer Camembert
100 g Doppelrahm-Frischkäse
40 g weiche Butter
1 TL Paprika, edelsüß
Salz | schwarzer Pfeffer
1 Bund Schnittlauch zum Anrichten

Für 4 Personen
10 Min. Zubereitung | 30 Min. Durchziehen
Pro Portion ca. 340 kcal, 10 g EW, 32 g F, 3 g KH

1 Die Zwiebel schälen und sehr fein hacken. Den Camembert mit einer Gabel zerdrücken. Frischkäse, Butter und Zwiebel untermischen.

2 Den Käse mit Paprika, Salz und Pfeffer würzen. Nach Belieben abschmecken.

3 Bis zum Servieren zugedeckt etwa 30 Min. durchziehen lassen und kurz vor dem Servieren nochmals abschmecken. Den Schnittlauch waschen, trockentupfen und in Röllchen schneiden. Den Obatzdn nach Belieben mit Schnittlauchröllchen bestreuen.

TIPP

Auf Münchner Art würzt man noch zusätzlich mit 1 TL Kümmel. Statt Camembert können Sie auch andere reife Weichkäsesorten für den Obatzdn verwenden. Auch ein würziger Romadur passt.

gut vorzubereiten

Bratensülze

Eine echte Sülze nach traditionellem Rezept herzustellen, ist ein bisschen aufwendig, dafür schmeckt sie aber unvergleichlich gut.

Für die Sülzbrühe
2 Schweinefüße und 1 Kalbsfuß, gespalten (beim Metzger vorbestellen)
1 Zwiebel
1 Lorbeerblatt
2 Gewürznelken
1 Bund Suppengrün
3 Wacholderbeeren
6 Pfefferkörner | Salz
100 ml Weißweinessig
200 ml trockener Weißwein (ersatzweise Gemüsebrühe)
Für die Einlage
2 Eier
200 g Mixed Pickles
2 Cornichons (ersatzweise 1 Essiggurke)
250 g kalter Schweinebraten
2 Stängel Petersilie

Für 4 Teller | 45 Min. Zubereitung
1 Std. 30 Min. Garen | 10 Std. Gelieren
Pro Portion ca. 205 kcal, 24 g EW, 6 g F, 7 g KH

1 Die Schweinefüße und den Kalbsfuß kalt abbrausen. In 2½ l Wasser mit 1 TL Salz zum Kochen bringen und 1½ Std. kochen lassen. In den ersten 15 Min. den Schaum mehrmals abschöpfen.

2 Zwiebel schälen und mit Lorbeerblatt und Nelken spicken. Suppengrün putzen, waschen und grob zerkleinern. Nach der Hälfte der Garzeit das Gemüse mit den übrigen Zutaten in den Topf geben.

3 Die Brühe abkühlen lassen, abseihen, gründlich entfetten und nochmals erhitzen. Die Flüssigkeit im offenen Topf einkochen lassen, bis sie fast um die Hälfte reduziert ist.

4 Die Eier in 10 Min. hart kochen, abschrecken, pellen und in Scheiben, Mixed Pickles in gefällige Stücke und die Cornichons fächerartig schneiden. Den kalten Braten in dünne Scheiben schneiden und mit Eischeiben, Mixed Pickles, Cornichons und abgezupften Petersilienblättchen gleichmäßig auf vier tiefe Teller verteilen. Die warme Sülzflüssigkeit darüber gießen und kalt stellen. Die Sülzen über Nacht fest werden lassen. Dazu schmecken zum Beispiel Bratkartoffeln.

VARIANTE – KNÖCHERLSÜLZE

Das Fleisch von den gekochten Knöcherln lösen, in kleine Stücke schneiden. 150 g gekochten Schinken würfeln. Möhrenscheibchen und sauer eingelegtes Gemüse in vier tiefe Teller legen und mit Sülzflüssigkeit übergießen. Die Sülzen wie beschrieben kalt stellen und fest werden lassen.

VARIANTE – SAURE SÜLZE MIT GELATINE

Wenn es schnell gehen soll, können Sie auch einmal auf Blattgelatine ausweichen: Dafür 9 Blatt Gelatine 10 Min. einweichen. ¾ l Gemüse- oder Fleischbrühe mit 100 ml Apfelessig erhitzen. Ausgedrückte Gelatine in einigen Esslöffeln Brühe auflösen und unter die übrige heiße Brühe mischen. Fleisch, Schinken, Eier und Gemüse damit überziehen. Mindestens 5 Std. kalt stellen.

schnell | Klassiker

Wurstsalat

500 g Regensburger | 2 Zwiebeln | 1 Essiggurke | 4 EL Rotweinessig | 2 EL Öl | Salz | schwarzer Pfeffer | Zucker | 1 Bund Schnittlauch

Für 4 Personen | 10 Min. Zubereitung
Pro Portion ca. 450 kcal, 17 g EW, 40 g F, 4 g KH

1 Die Wurst häuten und in dünne Scheiben schneiden. Zwiebeln schälen und in feine Ringe, Essiggurke in dünne Scheibchen schneiden.

2 Essig und Öl mit 1 kräftigen Prise Salz, Pfeffer aus der Mühle, 1 Prise Zucker und 1 Tasse Wasser verrühren. Damit den Wurstsalat anmachen. Den Salat bis zum Servieren zugedeckt durchziehen lassen, eventuell nochmals nachwürzen.

3 Den Schnittlauch waschen, trocken tupfen und in Röllchen schneiden. Kurz vor dem Servieren über den Salat streuen.

gut vorzubereiten | vitaminreich

Krautsalat

1 Kopf Weißkraut (etwa 1 kg) | 4 EL Öl | Salz | weißer Pfeffer | 3–4 EL Weißweinessig | 1 TL Kümmel | 100 g geräuchertes Wammerl (Speck)

Für 6 Personen
30 Min. Zubereitung | 1 Std. Durchziehen
Pro Portion ca. 210 kcal, 3 g EW, 19 g F, 7 g KH

1 Vom Krautkopf die äußeren Blätter entfernen, vierteln und Strünke herausschneiden. Die Viertel in sehr feine Streifen hobeln oder schneiden.

2 Das Öl in einer großen Pfanne erhitzen. Das Kraut zufügen, mit Salz und Pfeffer aus der Mühle würzen und bei milder Hitze 5 Min. braten. Das Kraut mit zwei Gabeln ständig wenden, bis es schön glänzt. Mit Essig und Kümmel in eine Schüssel füllen.

3 Vom Wammerl die Schwarte abschneiden, klein würfeln und in einer trockenen Pfanne knusprig ausbraten. Auf Küchenpapier abtropfen lassen, über den Salat streuen. Alles 1 Std. durchziehen lassen.

vegetarisch

Eier-Schnittlauch-Salat

4 Eier | 3 Bund Schnittlauch | 1 Bund Petersilie | 3 Frühlingszwiebeln | Salz | schwarzer Pfeffer | 100 g Sahne | 150 g Joghurt | 1 EL süßer Senf

Für 4 Personen
20 Min. Zubereitung | 1 Std. Marinieren
Pro Portion ca. 200 kcal, 10 g EW, 16 g F, 4 g KH

1 Die Eier in 8–10 Min. hart kochen, kalt abschrecken und pellen. Die Kräuter waschen, trockentupfen und fein hacken.

2 Die Frühlingszwiebeln waschen, putzen und in hauchdünne Scheibchen schneiden.

3 Die Eier halbieren, Eigelbe auslösen und mit einer Gabel zerdrücken, mit Kräutern und Frühlingszwiebeln mischen, salzen und pfeffern. Nach und nach Sahne und Joghurt unterrühren. Die Eiweiße hacken, mit dem Senf unter die Kräutermasse heben. Den Salat zugedeckt 1 Std. kalt stellen.

gelingt leicht | Schmankerl

Erdäpfelkäs

4 mehlig kochende Kartoffeln (500 g) | 100 g Sahne | 3 EL saure Sahne | Salz | schwarzer Pfeffer | 1 Zwiebel

Für 4 Personen
15 Min. Zubereitung | 20 Min. Garen
Pro Portion ca. 180 kcal, 3 g EW, 10 g F, 19 g KH

1 Die Kartoffeln waschen und in 20 Min. nicht zu weich kochen. Die Kartoffeln abgießen, pellen und grob reiben.

2 Sahne und saure Sahne unter die Kartoffeln ziehen. Die Masse mit Salz und frisch gemahlenem Pfeffer würzen. Erst kurz vor dem Servieren die Zwiebel schälen, fein hacken und untermischen.

TIPP

Erdäpfelkäs schmeckt köstlich auf einer Scheibe Schwarzbrot! Das Brot üppig mit Radieschen- oder Gurkenscheiben garnieren. Dazu passt ein Tomatensalat.

Klassiker nicht nur in Bayern

Fleischpflanzerl und Kartoffelsalat

Unsere Urahnen nannten gebackene Fladen Pfannzelten. Daher stammt die bayerische Bezeichnung für Frikadellen oder Buletten, wie sie außerhalb Bayerns heißen.

Für 8 Fleischpflanzerl

1 altbackene Semmel (Brötchen)
1 Zwiebel
1 Bund Petersilie
1 Ei
1–2 EL Semmelbrösel
400 g Hackfleisch, halb und halb
abgeriebene Schale von ½ Bio-Zitrone
1 Prise Muskatnuss, frisch gerieben
1 TL Paprika, edelsüß
Salz | schwarzer Pfeffer
2 EL Öl

Für 4 Personen
30 Min. Zubereitung | 30 Min. Garen
Pro Portion ca. 390 kcal, 24 g EW, 28 g F, 12 g KH

1 Die Semmel in lauwarmem Wasser einweichen. Zwiebel schälen und klein würfeln. Petersilie waschen, fein hacken und mit Zwiebel, Ei, Semmelbröseln und dem gut ausgedrückten Brötchen zum Hackfleisch geben.

2 Die Zitronenschale und 1 Prise Muskat in die Fleischmasse reiben, Paprika, 1 kräftige Prise Salz und frisch gemahlenen Pfeffer zufügen. Eventuell noch 1 EL Semmelbrösel untermengen.

3 Aus dem Fleischteig mit nassen Händen acht Pflanzerl formen. Die Pflanzerl im heißen Öl bei mittlerer Hitze von jeder Seite in jeweils 12–15 Min. knusprig braun braten.

Für den Kartoffelsalat

1 kg überwiegend fest kochende Kartoffeln
Salz
1 Zwiebel
50 g geräuchertes Wammerl (Speck)
¼ l heiße Gemüsebrühe
3 EL Weißweinessig | 3 EL Öl
schwarzer Pfeffer

Für 4 Personen
30 Min. Zubereitung | 20 Min. Garen
Pro Portion ca. 315 kcal, 5 g EW, 18 g F, 32 g KH

1 Für den Salat Kartoffeln in reichlich Salzwasser in 20 Min. gar kochen. Dann abgießen, ausdampfen lassen, pellen und in Scheiben schneiden.

2 Die Zwiebel und den Speck sehr fein würfeln. Den Speck in einer Pfanne ausbraten, die Zwiebel zufügen und 2–3 Min. anbraten.

3 Die Speck-Zwiebel-Mischung zu den Kartoffeln geben. Gemüsebrühe mit Essig und Öl untermischen. Den Salat mit Salz und frisch gemahlenem Pfeffer würzen.

VARIANTE – KARTOFFEL-GURKEN-SALAT

Wer im Kartoffelsalat Speck nicht schätzt, lässt ihn weg. Zwiebelwürfel dann roh untermischen. 1 kleine Salatgurke in Scheiben schneiden und dazugeben. Mit frischen oder getrockneten Dillspitzen würzen. Die Gemüsebrühe dann weglassen.

Suppen & Eintöpfe

»Ohne mei Suppn bin i krank« beteuert der Altmünchner. Ob als Magenöffner am Mittag oder als eigenständige Köstlichkeit zum Tagesausklang – ein Teller heiße Suppe verspricht Wohlbehagen. Bevorzugt wird der pure Genuss: Fleischbrühe mit allerlei Einlagen. Hier die luftig-zarten Grießnockerl.

Grießnockerlsuppe

1½ l Fleischbrühe (Seite 18)
30 g weiche Butter
1 Ei
Salz | Muskat
1 Pckg. Grießnockerlgrieß (85 g)
1 Bund Schnittlauch

Für 4 Personen
15 Min. Zubereitung | 25–30 Min. Garen
Pro Portion ca. 210 kcal, 7 g EW, 11 g F, 18 g KH

1 Brühe zum Kochen bringen. Butter mit Ei, 1 Prise Salz und frisch geriebener Muskatnuss verrühren. Den Grieß untermengen. Sofort mit einem nassen Teelöffel Nockerl abstechen (siehe Umschlagklappe vorne) und in die kochende Brühe gleiten lassen.

2 Die Nockerl bei schwacher Hitze 20 Min. kochen lassen. Danach noch 5–10 Min. auf der abgeschalteten Herdplatte ziehen lassen.

3 Die Nockerl gleichmäßig auf tiefe Teller verteilen. Mit Brühe übergießen. Schnittlauch waschen, abtrocknen, in Röllchen schneiden und über die Suppenportionen streuen.

TIPP – OHNE NOCKERLGRIESS GEHT'S AUCH!
Genauso gut schmecken die Nockerl, wenn Sie normalen Hartweizengrieß verwenden. Dann allerdings nur 60 g Grieß auf 30 g Butter verwenden. Den Teig 30 Min. quellen lassen. Die Nockerl abstechen, in die kochende Brühe geben und bei schwacher Hitze in 20 Min. gar ziehen lassen.

gut vorzubereiten

Fleischbrühe – Grundrezept

1 Bund Suppengrün | 1 Zwiebel | 1 kleines Lorbeerblatt | 1 Gewürznelke | 500 g Suppenfleisch (Brustkern oder Querrippe) | 2–3 Suppenknochen | Salz

15 Min. Zubereitung | 2 Std. Garen
Pro Portion ca. 60 kcal, 3 g EW, 3 g F, 3 g KH

1 Das Suppengrün waschen und grob zerkleinern. Die Zwiebel schälen und mit dem Lorbeerblatt und der Nelke spicken.

2 Suppenfleisch, Knochen und Gemüse mit 1 TL Salz von Wasser bedeckt zum Kochen bringen. Bei milder Hitze 2 Std. kochen lassen. In den ersten 15 Min. den Schaum mehrmals abschöpfen.

3 Die Brühe durchseihen. Von der abgekühlten Brühe nach Belieben das erstarrte Fett abheben.

»Resterlessen«

Aufgeschmalzene Brotsuppe

300 g altbackenes Brot | 2 Zwiebeln | 1 EL Butterschmalz | 1½ l Fleischbrühe (siehe links) | Salz | schwarzer Pfeffer

Für 4 Personen | 30 Min. Zubereitung
Pro Portion ca. 275 kcal, 9 g EW, 10 g F, 38 g KH

1 Brot in feine Scheiben schneiden und auf vier Suppentassen oder -teller verteilen.

2 Zwiebeln schälen, in dünne Ringe schneiden und im Schmalz goldbraun braten. Fleischbrühe zum Kochen bringen, salzen und pfeffern.

3 Die kochende Fleischbrühe über das Brot gießen. Zwiebelringe darüber verteilen. Die Suppe sofort servieren. Dazu passt nach Geschmack eine erhitzte Leberwurst.

für Gäste

Bratnockerlsuppe

200 g Kalbsbrät | 100 ml Milch | 2 EL Sahne | 30 g weiche Butter | 1 Ei | 4–5 EL Semmelbrösel | Salz | Pfeffer | Muskat | 1 ½ l Fleischbrühe (Seite 18) | 1 dünne Stange Lauch | 100 g Knollensellerie | 1 Möhre (100 g) | Petersilie zum Garnieren

Für 4 Personen | 40 Min. Zubereitung
Pro Portion ca. 305 kcal, 10 g EW, 24 g F, 13 g KH

1 Kalbsbrät mit Milch, Sahne, Butter, Ei und Semmelbröseln zu einem geschmeidigen Teig verrühren. Mit Salz, Pfeffer und Muskat würzen.

2 Die Fleischbrühe erhitzen. Mit einem nassen Teelöffel vom Teig 10–12 Nockerl abstechen, in die kochende Brühe geben und bei milder Hitze in 10 Min. garen.

3 Gemüse waschen, putzen, in sehr feine Streifen schneiden und in kochendem Salzwasser 2 Min. blanchieren, kalt abschrecken. Die Suppe mit Gemüsestreifen und Petersilie garniert servieren.

für Festtage | gut vorzubereiten

Suppe mit Eierstich

2 Eier | 4 EL Milch | Salz | weißer Pfeffer | Muskat | 1 EL Paprika, edelsüß | 2 EL gehackte Petersilie | 1 ½ l Fleischbrühe (Seite 18) | für die Tassen Butter und Alufolie | zum Ausstechen kleine Plätzchenformen

Für 6 Personen
30 Min. Zubereitung | 30 Min. Garen
Pro Portion ca. 80 kcal, 5 g EW, 5 g F, 3 g KH

1 Wasser etwa 4 cm hoch in einem weiten Topf erhitzen. Zwei große Tassen ausbuttern. Eier mit Milch, Salz, Pfeffer und Muskat verquirlen, in die Tassen füllen, mit Alufolie verschließen und in den Topf stellen. Den Eierstich in 30 Min. bei milder Hitze im heißen Wasserbad stocken lassen.

2 Den Eierstich stürzen, beliebige Förmchen ausstechen oder die Masse in Rauten schneiden. In Paprika oder Petersilie drücken. Brühe erhitzen und mit Eierstich in Suppentellern anrichten.

Spezialität aus Niederbayern

Eingerührte Buttermilchsuppe

2 EL Butter
3 EL Mehl
1 l Vollmilch
¾ l Buttermilch
150 g saure Sahne
Salz | weißer Pfeffer
600 g kleine Kartoffeln

Für 4 Personen | 50 Min. Zubereitung
Pro Portion ca. 420 kcal, 19 g EW, 18 g F, 45 g KH

1 Butter erhitzen, Mehl anstäuben und hellgelb anbraten. Unter ständigem Rühren die Milch langsam angießen.

2 Buttermilch mit einem Schneebesen unterrühren. Saure Sahne zufügen und weiterrühren, bis die Suppe sämig ist. Das dauert insgesamt etwa 45 Min. Mit Salz und Pfeffer aus der Mühle würzen.

3 Kartoffeln waschen und in reichlich Wasser in 20 Min. gar kochen, ausdampfen lassen, schälen und zur Buttermilchsuppe servieren. Jeder nimmt sich nach Belieben Kartoffeln und legt sie in die Suppe.

TIPP

Schneller geht es, wenn man die Kartoffeln wäscht, schält, viertelt und 20 Min. vor Ende der Kochzeit in die Suppe gibt. Wenn man keine Kartoffeln kochen möchte, schmeckt auch Bauernbrot gut zur Buttermilchsuppe.

Klassiker auf neue Art

Helle Kräuter-Brennsuppe

1 Zwiebel
40 g Butter
3 EL Mehl
1 l Gemüsebrühe
200 g Sahne
Salz | schwarzer Pfeffer | Paprika, rosenscharf
3 Bund gemischte Kräuter wie Petersilie, Kerbel, Dill und Liebstöckel
1 Bund Schnittlauch

Für 4 Personen | 40 Min. Zubereitung
Pro Portion ca. 335 kcal, 3 g EW, 29 g F, 14 g KH

1 Zwiebel schälen und klein würfeln. Butter zerlassen und die Zwiebelwürfel darin hellbraun anbraten. Das Mehl anstäuben und kurz mitbraten. Die Gemüsebrühe erhitzen und unter ständigem Rühren langsam angießen. Sahne zufügen. Die Suppe mit je 1 Prise Salz, Pfeffer und Paprika würzen und 10 Min. köcheln lassen.

2 Die Kräuter waschen, abtrocknen, fein hacken und in die Suppe geben. Die Suppe nicht mehr kochen lassen.

VARIANTE – KRÄUTER-SUPPE MIT RÄUCHERFISCH

Räucherfische sind in der Fastenzeit die köstliche Alternative zu Fleisch – und ein »erlaubter« Genuss. In der Kräuter-Brennsuppe schmeckt zum Beispiel eine Räucherforelle als Einlage. Dazu das Fischfilet in Stücke schneiden und zusammen mit den Kräutern in die Suppe geben. Kurz ziehen lassen.

oben: Helle Kräuter-Brennsuppe | unten: Eingerührte Buttermilchsuppe

vegetarisch | gelingt leicht

Kartoffelsuppe

750 g mehlig kochende Kartoffeln
1 Bund Suppengrün
1 Zwiebel
1 Gewürznelke
2 dünne Stangen Lauch (Porree)
300 g Knollensellerie
2 Möhren (200 g)
2 EL Butter
Salz | schwarzer Pfeffer | getrockneter Majoran
200 g Sahne
1 altbackene Semmel

Für 4 Personen | 30 Min. Zubereitung
Pro Portion ca. 390 kcal, 8 g EW, 21 g F, 39 g KH

1 Die Kartoffeln waschen, schälen und würfeln. Suppengrün waschen, putzen und grob zerkleinern. Die Zwiebel schälen und mit der Nelke spicken. Alles zusammen in 1¼ l Wasser geben und 20 Min. kochen lassen.

2 Inzwischen den Lauch putzen, längs aufschneiden, gründlich waschen und in Scheiben schneiden. Sellerie schälen, waschen und klein würfeln. Möhren schälen und in Scheiben schneiden. Das Gemüse in 1 EL Butter 2–3 Min. anbraten, mit Salz, Pfeffer aus der Mühle und Majoran kräftig würzen. Sahne angießen, zugedeckt in 10 Min. garen.

3 Die Zwiebel herausnehmen. Die Kartoffeln mit dem Mixstab pürieren oder zerstampfen. Das Sahnegemüse unterrühren. Die Suppe nochmals abschmecken.

4 Die Semmel würfeln und in restlicher Butter goldbraun braten. Croûtons über die Suppe streuen.

Spezialität aus Nordbayern

Fränkische Zwiebelsuppe

3–4 Zwiebeln (300 g)
1 EL Öl
2 EL Butter
1 EL Mehl
1¼ l warme Fleischbrühe (Seite 18)
Salz | schwarzer Pfeffer
½ TL Paprika, rosenscharf
100 ml Sahne
100 ml trockener Weißwein
(ersatzweise Gemüsebrühe)
4 dünne Scheiben Weißbrot

Zum Bestreuen
60 g geriebener Emmentaler

Für 4 Personen
30 Min. Zubereitung | 50 Min. Garen
Pro Portion ca. 340 kcal, 10 g EW, 23 g F, 19 g KH

1 Zwiebeln schälen und fein hacken. Öl und 1 EL Butter in einem Topf erhitzen. Zwiebeln darin 3 Min. anbraten, Mehl anstäuben und anbraten, bis die Einbrenne hellbraun wird. Nach und nach Brühe angießen.

2 Die Suppe mit Salz, Pfeffer aus der Mühle und Paprika würzen und 45 Min. bei milder Hitze kochen lassen. Sahne angießen, noch 3–4 Min. köcheln lassen. Zuletzt Wein unterrühren und die Suppe nochmals abschmecken.

3 Die Brotscheiben in der übrigen Butter von beiden Seiten braun braten. Die Suppe in Tassen oder Teller schöpfen, je 1 Brotscheibe darauf legen. Wer mag, streut geriebenen Käse darüber.

oben links: Kartoffelsuppe | unten rechts: Fränkische Zwiebelsuppe

herzhaft | Klassiker

Pichelsteiner

Der legendäre Eintopf aus dem Bayerischen Wald, für den man auch Schweinefleisch oder nur Lamm nehmen kann.

250 g Rindfleisch (Schulterspitze)
250 g Lammfleisch (Schulter)
50 g geräuchertes Wammerl (Speck)
2 Zwiebeln
800 g überwiegend fest kochende Kartoffeln
2 Stangen Lauch
2 große Möhren
300 g Knollensellerie
500 g Weißkraut (Weißkohl)
2 EL Öl
Salz | schwarzer Pfeffer | getrockneter Majoran
1 TL Kümmel
300 ml Fleischbrühe (Seite 18)
1 Bund Petersilie

Für 6 Personen
1 Std. Zubereitung | 1 ½ Std. Garen
Pro Portion ca. 400 kcal, 22 g EW, 23 g F, 26 g KH

1 Das Fleisch in Würfel schneiden. Wammerl klein würfeln, die Zwiebeln schälen und fein hacken. Die Kartoffeln schälen und in größere Würfel schneiden. Den Lauch putzen, längs halbieren, waschen und in breite Streifen, Möhren schälen und in Scheiben schneiden. Geschälten Sellerie in Würfel und das Weißkraut in Streifen schneiden.

2 Das Wammerl und die Zwiebelwürfel 2–3 Min. im Öl anbraten. Fleischwürfel zufügen und gut anbraten. Abwechselnd das vorbereitete Gemüse und das Fleisch in einen Schmortopf schichten, mit Kartoffelwürfeln abschließen. Jede Lage mit etwas Salz, Pfeffer, Majoran und Kümmel würzen.

3 Die Fleischbrühe erhitzen und angießen. Den Eintopf in 1 ½ Std. bei milder Hitze garen ohne umzurühren.

4 Die Petersilie waschen, trockentupfen und fein hacken. Den Eintopf abschmecken, mit Petersilie bestreuen und im Topf servieren.

VARIANTE – KARTOFFELGULASCH

Diese weitgehend fleischlose Variante steht in 45 Min. auf dem Tisch. Zubereitungszeit: 15 Min.!
Dazu 50 g geräuchertes Wammerl klein schneiden. 1 ½ kg Kartoffel waschen, schälen und in 2 cm große Würfel schneiden. 1 Zwiebel und 1 Knoblauchzehe schälen und klein würfeln. 2 EL Öl in einem Topf erhitzen und das Wammerl darin ausbraten. Zwiebel und Knoblauch zufügen und glasig braten. Kartoffelwürfel untermischen, anbraten, mit Salz, Pfeffer, 1 TL Paprika und 1 Prise Majoran würzen. 1 Tasse Wasser angießen. In 30 Min. garen, gelegentlich umrühren. Nach 20 Min. 2 EL Tomatenmark mit etwas Wasser anrühren und unter das Kartoffelgulasch mischen.

Hauptgerichte & Beilagen

Traditionelle würzige Fleisch-Klassiker sind in diesem Kapitel vertreten, aber auch delikate leichte Fischzubereitungen und fast vergessene Kartoffelspezialitäten. Die gefühlte Nähe zum kulinarischen Mittelpunkt der Welt – Frankreich – findet ihren Ausdruck im »Böfflamott« (Boeuf à la mode).

Böfflamott

Für die Beize
1 Bund Suppengrün | 1 Zwiebel
⅛ l Rotweinessig
2 Nelken | 1 Lorbeerblatt
4 Pfefferkörner | 4 Wacholderbeeren
abgeriebene Schale einer Bio-Zitrone
1 Schuss Rotwein
1 kg Ochsenfleisch (Oberschale, Rose oder Bug)
Zum Braten
2 EL Öl
¼ l Fleischbrühe (Seite 18)
1 Schuss Rotwein (ersatzweise 1 Spritzer Rotweinessig)
1 Prise Zucker | Salz
25 g kalte Butter

Für 6 Personen | 1 Std. Zubereitung
3–4 Tage Marinieren | 2 Std. Garen
Pro Portion ca. 295 kcal, 35 g EW, 14 g F, 2 g KH

1 Das Suppengrün waschen, putzen und zerkleinern. Die Zwiebel schälen und achteln. Gemüse mit Essig, ½ l Wasser, den Gewürzen und der Zitronenschale aufkochen lassen. Wein zufügen, abkühlen lassen. Das Fleisch in die Beize legen. 3–4 Tage zugedeckt kalt stellen, ab und an wenden.

2 Fleisch und Gemüse aus der Beize nehmen. Das Fleisch abtrocknen und im heißen Öl rundum anbraten. Das Gemüse dazulegen und alles mit Brühe und durchgeseihter Beize ablöschen. Bei milder Hitze in 2 Std. garen.

3 Fleisch herausnehmen und warm stellen. Sauce abseihen und etwas einkochen lassen. Den Wein zufügen und süß-sauer abschmecken. Mit einem Mixstab aufschlagen und kalte Butter unterziehen.

UND DAZU?
Blanchiertes Gemüse der Saison mit etwas Kräuterbutter und Kartoffelknödel, halb und halb (Seite 46).

für Gäste | gelingt leicht

Schweinebraten

Das urbayerische Traditionsgericht ist erst perfekt mit Knödel und Kraut – und einem kühlen Bier.

1 ¼ kg Schweineschulter mit Schwarte
Salz | schwarzer Pfeffer
½ TL gemahlener Kümmel
2 Zwiebeln
1 Knoblauchzehe
1 Möhre
1 EL Öl
¼ l dunkles Bier (ersatzweise heißes Wasser)

Für 6 Personen
20 Min. Zubereitung | 3 Std. Braten
Pro Portion ca. 270 kcal, 42 g EW, 6 g F, 2 g KH

1 Backofen auf 190° (Umluft 170°) vorheizen. Die Schwarte rautenförmig einschneiden. Das Fleisch mit Salz, Pfeffer und Kümmel einreiben. Zwiebeln und Knoblauch schälen, Zwiebeln achteln. Die Möhre waschen und schälen.

2 Öl in einer Bratreine erhitzen. Das Fleisch auf der Herdplatte von allen Seiten anbraten. Gemüse zufügen. Den Braten im Ofen (Mitte) in etwa 3 Std. garen. Nach 20 Min. ¼ l heißes Wasser angießen. Den Braten gelegentlich mit Fond beschöpfen.

3 20 Min. vor Ende der Bratzeit den Ofen auf 210° (Umluft 190°) schalten. Das Fleisch mehrmals mit Bier begießen. Fleisch herausnehmen, den Bratenfond mit etwas heißem Wasser lösen. Sauce durch ein Sieb gießen, abschmecken und zum Braten servieren.

VARIANTE – SPANFERKEL

Für einen Spanferkelbraten nimmt man 1¼ kg Spanferkelrücken mit Schwarte, ohne Knochen. Das Fleisch mit Salz, Pfeffer und Kümmel einreiben, auf der Hautseite leicht anbraten. Mit Zwiebelachteln, Knoblauchzehe und Möhrenscheiben im Ofen bei 200° (Umluft 180°) etwa 2 Std. braten. Nach 20 Min. 200 ml heißes Wasser angießen. Gemüse entfernen, Bratenfond mit ¼ l Fleischbrühe lösen. 1 TL Mehl mit kaltem Wasser anrühren, Sauce damit leicht andicken, etwas einkochen lassen, abschmecken und zum Braten servieren.

UND DAZU: KARTOFFELSCHNITZE UND FELDSALAT

In Niederbayern schätzt man Schweinebraten mit **Kartoffelschnitzen.** Dafür 1 kg geschälte Kartoffeln in dicken Scheiben nach 2¼ Std. Bratzeit zum Fleisch legen. Nicht mit Bier, sondern mit Fleischbrühe (Seite 18) aufgießen. Semmelknödel (Seite 47) und Sauerkraut (Seite 48) gehören in Niederbayern dazu, während man in Oberbayern Kartoffelknödel (Seite 46) und Blaukraut (Seite 48) bevorzugt.
Im Winter ist ein knackig-frischer **Feldsalat** (in Bayern Vogerl- oder Nisslsalat genannt) ein willkommener Vitaminspender. Dafür 150 g Feldsalat putzen, waschen und abtropfen lassen. Mit einer Marinade aus 4 EL Rotweinessig, je 1 Prise Salz, Zucker und schwarzem Pfeffer und 3 EL Öl beträufeln. 50 g gehackte Walnusskerne darüber streuen.

für Festtage | Klassiker

Gefüllte Kalbsbrust

Der große Braten ist selten geworden – ein Relikt aus der Zeit, als die Familien noch vielköpfig waren.

Für die Füllung
2 Semmeln (Brötchen)
1 große Zwiebel (200 g)
1 Bund Petersilie
150 g Champignons
1 EL Butter
Salz | Pfeffer | Muskat
4 EL Sahne
2 Eier
Zum Braten
1,5 kg Kalbsbrust, vom Metzger vorbereitet (entbeint, eine Tasche zum Füllen eingeschnitten)
2 EL Öl
Für die Sauce
400 ml Fleischbrühe (Seite 18)
30 g eiskalte Butter
Außerdem
Küchengarn und 1 große Nadel oder
3 Rouladennadeln oder Zahnstocher

Für 6 Personen
1 Std. Zubereitung | 2 Std. Braten
Pro Portion ca. 470 kcal, 43 g EW, 28 g F, 12 g KH

1 Von den Semmeln die Rinde abreiben, Semmeln würfeln. Die Zwiebel schälen und klein schneiden. Die Petersilie waschen und fein hacken. Die Champignons putzen, trocken abreiben und in dünne Scheiben schneiden.

2 Die Butter zerlassen, Zwiebel, Pilze und Petersilie anbraten, mit je 1 kräftigen Prise Salz, Pfeffer und einem Hauch geriebener Muskatnuss würzen. Brotwürfel und Sahne dazugeben. Die Brotmischung 2 Minuten braten. Etwas abkühlen lassen, dann die Eier unterrühren.

3 Die Kalbsbrust salzen und pfeffern, mit der Brotmasse füllen und zunähen oder zustecken (Bild 1 und 2). Den Backofen auf 200° (Umluft 180°) vorheizen.

4 Öl in einer Bratreine auf der Herdplatte erhitzen, die Brust von beiden Seiten kräftig anbraten, die Hälfte der Fleischbrühe angießen. Das Fleisch im Ofen (Mitte) 2 Std. braten, gelegentlich mit Bratfond beschöpfen und restliche Brühe angießen.

5 Die Kalbsbrust auf einer Platte im abgeschalteten Ofen warm halten. Bratfond durch ein Sieb in einen kleinen Topf gießen, etwas einkochen lassen und mit einem Schneebesen Butterstückchen einrühren. Die Sauce in eine Sauciere füllen und zur Kalbsbrust servieren. Dazu schmeckt ein Kartoffel-Gurken-Salat (Seite 14).

TIPP
Noch edler wird die Sauce, wenn Sie statt der Fleischbrühe Kalbsfond aus dem Glas nehmen.

GETRÄNKETIPP
Zur Kalbsbrust passt ein kühles helles Bier oder ein trockener fränkischer Weißwein.

1

2

3

für Gäste | Klassiker

Tellerfleisch mit Meerrettichsauce

Das Rezept ist österreichischen Ursprungs. Die Bayern haben sich den gesottenen Tafelspitz als regionale Delikatesse einverleibt.

1 kg Tafelspitz (Rosenspitz, Hüftdeckel)
3–4 Suppenknochen | Salz
2 Bund Suppengrün
1 Zwiebel
1 Lorbeerblatt
1 Gewürznelke
1 TL schwarze Pfefferkörner

Für die Sauce

1 Stange Meerrettich
1 EL Semmelbrösel
1 frisches Eigelb
3 EL Weißweinessig
Salz | Zucker | weißer Pfeffer

Für 6 Personen
30 Min. Zubereitung | 3 Std. Garen
Pro Portion ca. 360 kcal, 32 g EW, 21 g F, 6 g KH

1 In einem großen Topf reichlich Wasser zum Kochen bringen. Das Fleisch mit den abgespülten Knochen und 2 TL Salz zufügen. Es muss vollständig von Wasser bedeckt sein. Bei mittlerer Hitze 30 Min. leicht kochen lassen, dabei immer wieder den Schaum abschöpfen. Dann 1½ Std. bei milder Hitze sanft köcheln lassen. Dabei den Deckel einen Spaltbreit offen lassen.

2 Das Suppengrün waschen und putzen. Zwiebel schälen und mit Lorbeerblatt und Nelke spicken. Das vorbereitete Gemüse und die Pfefferkörner nach insgesamt 2 Std. zum Fleisch geben. Das Fleisch in 1 weiteren Std. gar ziehen lassen.

3 Für die Sauce Meerrettich schälen und fein reiben, mit Semmelbröseln und Eigelb mischen. Einen Schöpflöffel von der kochend heißen Fleischbrühe unterrühren. Mit Essig, Salz, Zucker und Pfeffer aus der Mühle würzen.

4 Möhren und Sellerie vom Suppengrün aus der Brühe nehmen und in sehr feine Streifen schneiden. Fleisch in Scheiben schneiden, auf einer Platte mit den Gemüsestreifen anrichten. Meerrettichsauce dazu servieren.

VARIANTE – SAHNEMEERRETTICH

⅛ l Sahne mit 1 Prise Zucker und 1 kräftigen Prise Salz steif schlagen. 1 EL frisch geriebenen Meerrettich unterrühren. Nach Geschmack 1 kleinen geriebenen Apfel zufügen. Passt auch wunderbar zu gebackenem Karpfen (Seite 42).

VARIANTE – WARME MEERRETTICHSAUCE

Aus 2 EL Butterschmalz und 3 EL Mehl eine helle Einbrenne rühren, mit ¼ l heißer Fleischbrühe langsam aufgießen. ⅛ l Sahne und 2 EL frisch geriebenen Meerrettich zufügen, mit Salz und weißem Pfeffer abschmecken und 10 Min. bei milder Hitze kochen lassen. Schmeckt am besten zu Tellerfleisch und Salzkartoffeln.

TIPP

Wichtig ist, dass der Meerrettich immer sehr fein gerieben wird, sonst kommt sein scharf-würziger Geschmack nicht zur vollen Entfaltung.

Gebratene Leber mit glasierten Äpfeln

Die Leber steckt voll Vitamin A und D. Sie ist nicht nur köstlich zart, sondern auch leicht und gesund.

2 kleine säuerliche Äpfel (Boskop oder Cox Orange) | 1 EL Zitronensaft | 20 g Butter | 1 TL Puderzucker | 1 große Zwiebel | 3 EL Öl | 4 Scheiben Kalbsleber à 150 g | schwarzer Pfeffer | 1 EL Mehl | Salz | 3 Stängel frischer Majoran (ersatzweise ½ TL getrockneter) | 200 ml Fleischbrühe (Seite 18)

Für 4 Personen | 35 Min. Zubereitung
Pro Portion ca. 300 kcal, 30 g EW, 11 g F, 19 g KH

1 Die Äpfel schälen, Kernhaus ausstechen, in dicke Scheiben schneiden und mit Zitronensaft beträufeln. Butter in einer beschichteten Pfanne zerlassen. Puderzucker dazusieben und leicht karamellisieren lassen. Die Apfelscheiben darin von jeder Seite etwa 3 Min. braten.

2 Die Zwiebel schälen und in dünne Ringe schneiden. Die Zwiebelringe in 1 EL Öl knusprig braun braten, warm halten.

3 Die Leberscheiben mit Pfeffer aus der Mühle würzen, mit Mehl bestäuben und im restlichen Öl von jeder Seite 2–3 Min. braten. Die Leber aus der Pfanne nehmen, salzen und zusammen mit den Äpfeln warm halten.

4 Den Majoran zum Bratfond geben, mit Fleischbrühe aufkochen, abschmecken. Leberscheiben mit Sauce beträufeln, Apfelscheiben und Zwiebelringe darüber verteilen. Sofort servieren.

UND DAZU: KARTOFFELPÜREE

Dafür 1 kg mehlig kochende Kartoffeln schälen, vierteln und in reichlich Salzwasser in 20 Min. gar kochen. Die Kartoffeln abgießen und zerstampfen. 30 g kalte Butter in kleinen Stücken unterziehen, mit dem Schneebesen ⅛ l heiße Milch unter die Kartoffelmasse schlagen. Mit einem Hauch Muskat und eventuell etwas Salz würzen.

schnell | kalorienarm

Saure Leber

600 g Kalbsleber | 1 Zwiebel | 2 EL Butter | 1 EL Mehl | 300 ml heiße Fleischbrühe (Seite 18) | 2 EL Rotweinessig | 1 EL Paprika, edelsüß | Salz | schwarzer Pfeffer | Zucker | 3 EL saure Sahne

Für 4 Personen | 25 Min. Zubereitung
Pro Portion ca. 245 kcal, 27 g EW, 9 g F, 14 g KH

1 Die Leber in breite Streifen schneiden, die Zwiebel schälen und in sehr dünne Ringe schneiden. Butter zerlassen und die Zwiebelringe darin anbraten. Die Leberstreifen zugeben, Mehl anstäuben und unterrühren.

2 Langsam die heiße Fleischbrühe angießen. Essig zufügen, mit Paprika, Salz, Pfeffer aus der Mühle und Zucker abschmecken. Noch 5 Min. köcheln lassen. Zuletzt die saure Sahne untermischen. Dazu schmeckt Kartoffelpüree.

preiswert | gelingt leicht

Kalbslüngerl (Beuscherl)

2 EL Butterschmalz | 2 EL Mehl | 400 ml heiße Fleischbrühe (Seite 18) | 4 EL Weißweinessig | Salz | Zucker | schwarzer Pfeffer | 1 TL Paprika, edelsüss | 600 g gebeizte, vorgegarte, geschnittene Kalbslunge (eventuell beim Metzger vorbestellen) | 1 EL Zitronensaft | 100 g saure Sahne

Für 4 Personen | 35 Min. Zubereitung
Pro Portion ca. 250 kcal, 28 g EW, 12 g F, 7 g KH

1 Das Schmalz erhitzen, Mehl anstäuben und bei mittlerer Hitze braun braten. Die Fleischbrühe mit dem Essig unter ständigem Rühren langsam zufügen. Die Sauce mit Salz, Zucker, Pfeffer aus der Mühle und Paprika abschmecken und 10 Min. köcheln lassen.

2 Die Lunge in die Sauce rühren und bei milder Hitze 15 Min. kochen lassen. Zitronensaft und saure Sahne zufügen. Die Lunge vor dem Servieren nochmals abschmecken.

Klassiker | für Festtage

Kirchweihgans

Wer eine resche Gans braten möchte, zu Kirchweih, wie es ländlicher Brauch ist, oder an Weihnachten, der muss früh aufstehen. Der Genuss ist allerdings kaum zu überbieten!

1 frische Gans, etwa 6 kg
Salz | schwarzer Pfeffer | getrockneter Beifuß
1 kg mittelgroße Kartoffeln
1 Bund Petersilie
Außerdem
2 Rouladennadeln

Für 6 Personen
1 Std. 30 Min. Zubereitung | 4½–5 Std. Garen
Pro Portion ca. 1710 kcal, 78 g EW, 155 g F, 0 g KH

1 Innereien entfernen und für Gansjung (Rezept siehe unten) beiseite legen. Noch sichtbare Federkielansätze mit einer Pinzette entfernen. Innen Fett und Häutchen beseitigen. Die Gans waschen und mit Küchenpapier abtrocknen. Flügel auf den Rücken drehen. Innen und außen großzügig mit Salz und Pfeffer einreiben, innen zusätzlich mit Beifuß.

2 Backofen auf 180° (Umluft 160°) vorheizen. Die Kartoffeln waschen und schälen und mit der gewaschenen Petersilie in die Bauchhöhle der Gans legen. Die Öffnung mit 2 Rouladennadeln zustecken.

3 Die Gans mit der Brustseite nach unten im Ofen (Mitte) 30 Min. braten. 1 Tasse heißes Wasser angießen und die Gans 1 weitere Std. braten. Gelegentlich mit Bratfond beschöpfen und heißes Wasser zufügen. Immer wieder flüssiges Fett abschöpfen. Die Gans öfter umdrehen.

4 Die Temperatur nach etwa 4 Std. auf 210° (Umluft 190°) erhöhen, damit die Gans knusprig braun wird. Die Gans tranchieren, Petersilie entfernen und die Kartoffeln als Beilage für den nächsten Tag aufheben. Die Gansstücke warm halten. Bratfond entfetten, mit heißem Wasser aufkochen, etwas reduzieren und durchseihen. Die Sauce dazu servieren. Dazu schmecken Kartoffelknödel (Seite 46), Blaukraut (Seite 48), Sellerie- und Rote-Bete-Salat.

TIPP – BEIM METZGER VORBESTELLEN!

Eine frische Bauerngans müssen Sie beim Metzger vorbestellen. Weniger Stress haben Sie am Feiertag, wenn Sie die Gans schon am Abend davor vorbereiten. Sie kann dann schon mit Salz, Pfeffer und Beifuß eingerieben werden. Gehen Sie nicht zaghaft beim Salzen vor. Eine schlecht gesalzene Gans schmeckt fad. Auch das Blaukraut können Sie schon am Vortag kochen.

TIPP – GANSJUNG

Meist kauft man eine frische Gans mit den gewaschenen Innereien. Oft liegen sogar noch Kopf und Füße dabei. Aus den Innereien kann man am nächsten Tag ein Gansjung zubereiten. Ein altes Rezept, das völlig in Vergessenheit geraten ist: Die Innereien – ohne die Leber – und den in Stücke gehackten Kragen in einem Sud aus 1 l Wasser, 1 guten Schuss Rotweinessig, Zwiebel, Nelken, Lorbeerblatt, Pfefferkörnern und Salz 1 Std. kochen. Eine dunkle Einbrenne aus Butterschmalz, etwas Zucker und Mehl rühren, mit dem Sud nach und nach aufgießen, abschmecken. Jetzt die Leber zugeben und mit den Innereien und dem Hals noch 15 Min. kochen lassen. Semmelknödel (Seite 47) schmecken gut dazu.

für Gäste | gut vorzubereiten

Rehragout

800 g Rehfleisch (Brust oder Schulter)
1 Bund Suppengrün
3 Zwiebeln | 1 Lorbeerblatt | 2 Gewürznelken
1 Knoblauchzehe
2 EL Öl
1 TL Mehl
Salz | schwarzer Pfeffer | Paprika, edelsüss
400 ml Wildfond aus dem Glas oder Fleischbrühe (Seite 18)
200 ml Rotwein (ersatzweise Wildfond)
abgeriebene Schale von ½ Bio-Zitrone
1 EL Zitronensaft
1 EL Preiselbeerkonfitüre
2 EL saure Sahne

Für 4 Personen
30 Min. Zubereitung | 1 Std. Garen
Pro Portion ca. 345 kcal, 45 g EW, 11 g F, 8 g KH

1 Das Fleisch in Würfel schneiden. Suppengrün waschen, putzen und würfeln. 2 Zwiebeln schälen und fein hacken. Die dritte Zwiebel schälen und mit Lorbeerblatt und Nelken spicken. Knoblauch schälen und mit dem Handballen leicht quetschen.

2 Das Öl erhitzen und das Fleisch darin braun anbraten, Mehl anstäuben. Das Gemüse kurz mitbraten. Mit Salz, Pfeffer und 1 TL Paprika würzen. Wildfond, Rotwein, gespickte Zwiebel, Knoblauch und Zitronenschale zufügen.

3 Das Ragout 1 Std. bei milder Hitze schmoren lassen. Zitronensaft, Preiselbeerkonfitüre und saure Sahne untermischen, die ganze Zwiebel entfernen und das Ragout nochmals abschmecken.

macht was her

Hirschmedaillons

800 g Hirschfilet
4 Wacholderbeeren | 1 TL schwarze Pfefferkörner
½ TL getrockneter Rosmarin
200 ml kräftiger Rotwein (ersatzweise ⅛ l Wasser mit 1 kräftigen Schuss Rotweinessig)
4 Schalotten
400 g Steinpilze
50 g geräuchertes Wammerl
2 EL Öl | 40 g Butter
Salz, schwarzer Pfeffer
100 g Sahne

Für 4 Personen
30 Min. Zubereitung | 4 Std. Marinieren
Pro Portion ca. 545 kcal, 46 g EW, 37 g F, 2 g KH

1 Das Filet in 8 Scheiben schneiden. Die Wacholderbeeren, die Pfefferkörner und den Rosmarin im Mörser zerstoßen, mit 100 ml Rotwein mischen. Die Steaks damit übergießen und 4 Std. marinieren, gelegentlich wenden.

2 Schalotten schälen und fein hacken. Die Steinpilze putzen, trocken abreiben und in Scheiben schneiden. Das Wammerl würfeln und in 1 EL Öl ausbraten, die Hälfte der Schalotten und die Pilze zufügen, 2 Min. mitbraten, mit Salz und frisch gemahlenem Pfeffer würzen und 5 Minuten dünsten.

3 Steaks abtupfen, in Form drücken und in übrigem Öl und Butter von jeder Seite 3 Min. braten, leicht salzen und 20 Min. bei 80° warm stellen. Schalotten mit Rotwein und Sahne in den Bratfond geben, etwas einkochen lassen. Medaillons mit Sauce umgießen und mit den Pilzen anrichten.

oben: Rehragout | unten: Hirschmedaillons

gelingt leicht | schnell

Gebratene Renken

Renken werden im klaren Wasser bayerischer Alpenseen gezüchtet.

4 küchenfertig vorbereitete Renken
Saft von 1 Zitrone
Salz | schwarzer Pfeffer
2 EL Öl | 1 EL Butter

Für die Sauce

2 Schalotten
2 EL Butter
2 EL süßer Senf
300 ml Fischfond aus dem Glas (ersatzweise Gemüsebrühe)
100 g Sahne

Für 4 Personen | 20 Min. Zubereitung
Pro Portion ca. 370 kcal, 28 g EW, 26 g F, 5 g KH

1 Die Fische kalt abbrausen. Filets mit einem scharfen Messer von der Gräte lösen. Einzelne, noch verbliebene Gräten mit einer Pinzette herausziehen. Die Filets mit Zitronensaft beträufeln, mit Salz und Pfeffer aus der Mühle würzen.

2 Öl und Butter in einer großen Pfanne erhitzen. Die Fischfilets 4–5 Minuten auf der Hautseite braten, dann umdrehen und in 2 Min. bei milder Hitze fertig garen.

3 Für die Sauce die Schalotten schälen, fein hacken und in Butter glasig dünsten. Senf und Fischfond oder Gemüsebrühe dazugeben. Den Fond 3 Min. im offenen Topf kochen lassen. Sahne untermischen und die Senfsauce mit dem Pürierstab verquirlen. Zu den Fischfilets servieren.

Klassiker | kalorienarm

Forelle blau

Man glaubt es kaum, aber Fisch hat in Bayern eine lange Tradition.

1 Bund Suppengrün
2 Zwiebeln
1 Knoblauchzehe
200 ml Weißweinessig
½ l trockener Weißwein (ersatzweise Gemüsebrühe)
3 Wacholderbeeren | 1 Lorbeerblatt
1 Gewürznelke | 6 Pfefferkörner
je 1 kräftige Prise Salz | schwarzer Pfeffer | Zucker
4 küchenfertig vorbereitete Forellen (je 300 g)

Für 4 Personen | 20 Min. Zubereitung
Pro Portion ca. 155 kcal, 29 g EW, 4 g F, 0 g KH.

1 Das Suppengrün waschen, putzen und in feine Streifen schneiden. Zwiebeln und Knoblauch schälen, die Zwiebeln in dünne Ringe schneiden, den Knoblauch leicht zerdrücken.

2 Essig mit Wein, 1 l Wasser, Gemüse und Gewürzen in einem weiten Topf zum Kochen bringen. Forellen kalt abbrausen und hineinlegen. Die Hitze sofort reduzieren. Die Forellen in etwa 10 Minuten bei sehr milder Hitze gar ziehen. Dazu schmecken Salzkartoffeln und gebräunte Butter.

TIPP

Forelle blau mit einem großen bunten Salat ist kalorienarm und gleichzeitig ernährungsphysiologisch so wertvoll, dass sie als Delikatesse auch für die Schlankheitsküche hervorsticht.

oben: Forelle blau | unten: Gebratene Renken

für Gäste | kalorienarm

Waller in Wurzelsud

Das zarte Fischfilet verträgt weder lange Kochzeiten noch hohe Temperaturen.

1 Bund Suppengrün
1 Zwiebel | 1 Lorbeerblatt | 1 Gewürznelke
4 EL Weißweinessig
¼ l Weißwein (ersatzweise Gemüsebrühe)
Salz | Zucker
600 g Wallerfilet
200 ml Fischfond (aus dem Glas)
1 EL Zitronensaft
30 g kalte Butter
100 g Sahne
3 Zweige Petersilie

Für 4 Personen | 20 Min. Zubereitung
Pro Portion ca. 430 kcal, 24 g EW, 32 g F, 2 g KH

1 Gemüse putzen, waschen und fein schneiden. Zwiebel schälen, mit Lorbeer und Nelke spicken.

2 1 l Wasser mit Essig, Wein, 1 Prise Salz und Zucker zum Kochen bringen. Gemüse in das sprudelnd kochende Wasser geben, Fischfilet hineinlegen, bei sehr milder Hitze in 10 Min. gar ziehen lassen.

3 Fischfond in einem kleinen Topf zum Kochen bringen und um die Hälfte reduzieren lassen. Zitronensaft zufügen. Den Topf vom Herd nehmen und mit einem Schneebesen die Butter in Stückchen einrühren. Sahne steif schlagen und unterziehen.

4 Petersilie waschen und fein hacken. Fisch mit Gemüsestreifen auf vorgewärmten Tellern anrichten, Sauce darüber verteilen. Mit Petersilie bestreuen und sofort servieren.

Spezialität aus Franken | schnell

Gebackener Karpfen

Karpfen züchtet man heute in klarem Wasser, nicht in schlammigen Teichen.

1 Karpfen, vom Fischhändler filetiert (600 g)
Salz | schwarzer Pfeffer
40 g Butterschmalz
1 Ei
60 g Mehl
50 g Semmelbrösel

Für 4 Personen | 20 Min. Zubereitung
Pro Portion ca. 380 kcal, 32 g EW, 19 g F, 20 g KH

1 Aus den Fischfilets noch verbliebene Gräten mit einer Pinzette entfernen. Die Filets kurz kalt abbrausen, trocken tupfen, halbieren und mit Salz und Pfeffer aus der Mühle einreiben.

2 Das Schmalz in einer großen beschichteten Pfanne heiß werden lassen. Das Ei mit 1 EL Wasser verquirlen. Die Karpfenstücke zuerst in Mehl wenden, dann in Ei und zuletzt in den Semmelbröseln wälzen.

3 Die panierten Karpfenstücke im heißen Schmalz bei mittlerer Hitze von beiden Seiten in jeweils 4–5 Min. goldbraun backen. Dazu passen Kartoffelsalat (Seite 14) und grüner Blattsalat.

TIPP

Wer mag, garniert die Filets mit Zitronenvierteln. In der Meerrettichregion Franken isst man Sahnemeerrettich (Seite 32 – Variante) dazu.

oben: Gebackener Karpfen | unten: Waller in Wurzelsud

vegetarisch | kalorienarm

Krautwickerl

Für 6 Krautwickerl
1 Kopf Weißkraut (Weißkohl)
2 Möhren (200 g)
Salz
500 g mehlig kochende Kartoffeln
½ l Gemüsebrühe
2 Zwiebeln | 1 Knoblauchzehe
1 Bund Petersilie
Pfeffer | Muskat
2 EL Öl
3 EL Tomatenmark
2 EL saure Sahne
Außerdem
Küchengarn zum Binden

Für 6 Personen
50 Min. Zubereitung | 20 Min. Garen
Pro Portion ca. 150 kcal, 4 g EW, 6 g F, 19 g KH

1 Krautkopf putzen, äußere Blätter entfernen, Möhren schälen. Zusammen in reichlich Salzwasser in 8 Min. kochen, danach etwas abkühlen lassen.

2 Für die Füllung Kartoffeln schälen, würfeln und in 200 ml Gemüsebrühe in 15 Min. weich kochen. Zwiebeln und Knoblauch schälen und klein würfeln. Die Petersilie waschen und fein hacken.

3 Vom Krautkopf 12 Blätter ablösen, die Rippen etwas flach schneiden. 6 große Blätter nebeneinander legen, 6 kleinere darauf. Die Möhren klein würfeln. Kartoffeln in der Garflüssigkeit zerstampfen, mit den Möhren, der Hälfte von Petersilie und Zwiebelwürfeln und dem Knoblauch vermengen. Mit Salz, Pfeffer aus der Mühle und Muskat würzen.

4 Die Kartoffelmasse auf die Krautblätter verteilen, die Blätter seitlich über die Füllung schlagen und aufrollen. Mit Küchengarn zubinden. Übrige Zwiebelwürfel im Öl glasig anbraten, die Krautwickerl darin rundum anbraten, die restliche Gemüsebrühe angießen. 20 Min. schmoren.

5 Krautwickerl herausnehmen. Tomatenmark und saure Sahne in die Schmorflüssigkeit rühren und 2 Min. kochen lassen. Rouladen mit übriger Petersilie bestreuen. Mit der Sauce servieren.

vegetarisch | gelingt leicht

Rahmschwammerl

500 g gemischte Schwammerl (Pilze) wie Steinpilze, Maroni und Reherl (Pfifferlinge)
1 Zwiebel
1 Bund Petersilie
40 g Butter
Salz | Pfeffer | Muskat
150 g Sahne
¼ l Fleischbrühe (Seite 18)

Für 4 Personen | 30 Min. Zubereitung
Pro Portion ca. 225 kcal, 5 g EW, 21 g F, 3 g KH

1 Die Schwammerl putzen, mit Küchenpapier abreiben und in Scheiben schneiden. Die Zwiebel schälen und würfeln, die Petersilie fein hacken.

2 Zwiebelwürfel in Butter glasig anbraten. Schwammerl untermischen, mit Salz, Pfeffer und 1 kleinen Prise Muskat würzen, 2 Min. braten. 50 g Sahne steif schlagen. Brühe und flüssige Sahne zu den Pilzen gießen und aufkochen lassen. Petersilie und Schlagsahne untermischen.

oben: Rahmschwammerl | unten: Krautwickerl

für Festtage

Kartoffelknödel

2 kg mehlig kochende Kartoffeln | 2 EL Zitronensaft | Salz | 200 ml Milch | eventuell etwas Speisestärke | 1 altbackene Semmel | 25 g Butter

Für 12 Knödel
1 Std. Zubereitung | 25 Min. Garen
Pro Knödel ca. 130 kcal, 4 g EW, 4 g F, 23 g KH

1 1½ kg Kartoffeln schälen und fein reiben. Mit Zitronensaft mischen, portionsweise in ein Küchentuch aus Leinen geben, auspressen, Saft auffangen. Kartoffelwasser abgießen, die abgesetzte Stärke zu den Kartoffeln geben.

2 500 g Kartoffeln schälen, vierteln und in reichlich Salzwasser in 20 Min. gar kochen, abgießen, zerstampfen oder durchpressen. Milch zum Kochen bringen und dazu geben. Mit Speisestärke, 2 TL Salz und den rohen Kartoffeln zu einem geschmeidigen Teig verarbeiten.

3 Die Semmel klein würfeln, in Butter rösten. Reichlich Salzwasser zum Kochen bringen. Mit nassen Händen zwölf Knödel formen, mit Croûtons füllen und in das kochende Wasser legen. In 25 Min. gar ziehen lassen. Kartoffelknödel schmecken zu Schweinebraten (Seite 28), Spanferkel (Seite 28 – Variante) und Kirchweihgans (Seite 36).

VARIANTEN – SEIDERNE KARTOFFELKNÖDEL UND RANSCHKNÖDEL

Für acht Knödel 1 kg Kartoffeln waschen und von Wasser bedeckt in 25 Min. gar kochen. Kalt abschrecken, schälen und sofort durch die Presse drücken oder zerstampfen. 150 g Speisestärke, 1 Ei und 1 TL Salz unter den Kartoffelbrei mischen und zu einem geschmeidigen Teig verarbeiten.
In Niederbayern schätzt man Ranschknödel. Dafür Semmelknödelteig (Seite 47) zubereiten. 3–4 mehlig kochende Kartoffeln (etwa 500 g) in eine andere Schüssel reiben, durch ein Leintuch pressen und unter die Semmelknödelmasse kneten. Wenn der Teig zu weich ist, 1–2 Esslöffel Semmelbrösel oder Kartoffelmehl zufügen. Ranschknödel schmecken zu Rinderschmor- und Schweinebraten gleichermaßen.

preiswert | Klassiker

Semmelknödel

8 altbackene Semmeln (Brötchen) | ¼ l heiße Milch | 1 Zwiebel | ½ Bund Petersilie | 1 TL Butter | 2 Eier | 1–2 EL Mehl | Salz

Für 8 Knödel | 30 Min. Zubereitung
Pro Knödel ca. 270 kcal, 4 g EW, 15 g F, 28 g KH

1 Die Semmeln in dünne Scheiben schneiden, mit der Milch übergießen, durchziehen lassen. Zwiebel schälen, mit der Petersilie fein hacken, in Butter anbraten und mit Eiern, Mehl und 1 Prise Salz unter das Knödelbrot kneten.

2 Reichlich Salzwasser zum Kochen bringen. Mit nassen Händen acht Knödel formen, in das kochende Wasser geben. Bei milder Hitze in 15 Min. garen.

VARIANTE – LEBERKNÖDEL

Für 6 Knödel 150 g durchgedrehte Rinderleber unter den Teig aus 4 Semmeln, ⅛ l Milch, 2 EL Semmelbrösel, 1 Zwiebel, ½ Bund Petersilie und ½ TL abgeriebener Bio-Zitrone mischen. Mit Salz, Pfeffer und Majoran würzen. In 1½ l Fleischbrühe in 30 Min. bei milder Hitze garen.

herzhaft

Reiberdatschi

750 g mehlig kochende Kartoffeln | 1 Zwiebel | 1 TL Salz | 1 Prise Muskat | 1–2 EL Mehl | 6 EL Öl zum Braten

Für 4 Personen (20 Reiberdatschi)
40 Min. Zubereitung
Pro Portion ca. 175 kcal, 7 g EW, 4 g F, 29 g KH

1 Kartoffeln waschen, schälen und fein reiben. Zwiebel schälen und dazu reiben. Mit Salz, frisch geriebener Muskatnuss und Mehl mischen.

2 Öl in einer Pfanne erhitzen. Handtellergroße Reiberdatschi formen und von beiden Seiten knusprig braun braten. Auf Küchenpapier entfetten.

UND DAZU?

Zu Reiberdatschi oder Kartoffelpuffer, wie man sie auch nennt, schmecken geräucherter Lachs und Sahnemeerrettich (Seite 32), Sauerkraut, Spinat, ausgebratener Speck, Apfelkompott oder Dickmilch.

preiswert | kalorienarm

Blaukraut

1 kg Blaukraut (Rotkohl) | 2 Dörrpflaumen | 2 EL Öl | 200 ml Gemüsebrühe | 2 Gewürznelken | 3 Wacholderbeeren | 1 Lorbeerblatt | Salz | schwarzer Pfeffer | Zucker | 3 EL Rotweinessig | 2 EL Johannisbeergelee

Für 4 Personen
20 Min. Zubereitung | 1 Std. Garen
Pro Portion ca. 145 kcal, 3 g EW, 7 g F, 17 g KH

1 Den Kohlkopf putzen und vierteln. Die Strunkteile herausschneiden und die Viertel in feine Streifen schneiden. Die Dörrpflaumen klein schneiden.

2 Den Kohl im Öl anbraten. Die Brühe erhitzen und angießen. Die Gewürze, 1 TL Salz, Pfeffer, 1 Prise Zucker und Essig zufügen. Das Blaukraut 1 Std. kochen lassen. Zuletzt das Johannisbeergelee unterrühren. Das Blaukraut süß-sauer abschmecken. Passt als Beilage gut zu Wild, Gänsebraten (Seite 36), Böfflamott (Seite 26) und Schweinebraten (Seite 28).

gut vorzubereiten | fettarm

Sauerkraut

2 säuerliche Äpfel (Boskop oder Cox Orange) | 1 große Zwiebel | 800 g Sauerkraut | 2 EL Öl | ¼ l Fleischbrühe (Seite 18) | 3 Pimentkörner | ⅛ l Weißwein (ersatzweise Apfelsaft)

Für 4 Personen
15 Min. Zubereitung | 40 Min. Garen
Pro Portion ca. 170 kcal, 3 g EW, 7 g F, 19 g KH

1 Äpfel und Zwiebel schälen und klein würfeln. Das Sauerkraut zerpflücken.

2 Die Zwiebelwürfel im Öl glasig anbraten. Sauerkraut, Fleischbrühe, Pimentkörner und Äpfel untermischen. Das Sauerkraut in 40 Min. garen. Nach 20 Min. Wein oder Apfelsaft unterrühren. Schmeckt zu Bratwürsten, Reiberdatschi (Seite 47) und Schweinebraten (Seite 28).

TIPP

Für Kümmelkraut die Pimentkörner weglassen und das Kraut mit 1 TL Kümmel würzen.

herzhaft | gelingt leicht

Rahmwirsing

1 kg Wirsing | Salz | 50 g geräuchertes Wammerl (Speck) | 2 EL Öl | 1/4 l Gemüsebrühe | 100 g Crème fraîche | 2 TL grüne Pfefferkörner | schwarzer Pfeffer | Zucker

Für 6 Personen | 30 Min. Zubereitung
Pro Portion ca. 190 kcal, 5 g EW, 17 g F, 4 g KH

1 Den Wirsing putzen und vierteln. Die Blätter in Stücke reißen. 10 Min. in Salzwasser blanchieren und abgießen.

2 Das Wammerl würfeln. 2 EL Öl in einer Pfanne erhitzen und die Speckwürfel darin ausbraten. Den Speck aus der Pfanne nehmen und den Wirsing anbraten, die Brühe angießen, in 15 Min. dünsten. Crème fraîche, Pfefferkörner und Speckwürfel untermischen. Mit Salz, Pfeffer und Zucker abschmecken. Passt zu Wollwürsten und Tellerfleisch (Seite 32).

Klassiker auf neue Art

Saures Kartoffelgemüse

1 kg mehlig kochende Kartoffeln | 2 kleine Zwiebeln | 1/2 Lorbeerblatt | 1 Gewürznelke | 2 EL Öl | 1/4 l Fleischbrühe (Seite 18) | Salz | 2 kleine Essiggurken | 1 EL saure Sahne | 1/2 Bund Petersilie | 2–3 EL Weißweinessig | schwarzer Pfeffer | Zucker

Für 4 Personen
25 Min. Zubereitung | 25–30 Min. Garen
Pro Portion ca. 225 kcal, 5 g EW, 7 g F, 33 g KH.

1 Die Kartoffeln waschen, schälen und würfeln. 1 Zwiebel schälen und klein würfeln. Die zweite Zwiebel mit Lorbeerblatt und Nelke spicken.

2 Öl in einem Topf erhitzen. Zwiebelwürfel darin 2–3 Min. anbraten. Die Kartoffeln zufügen, mitbraten. Fleischbrühe, die gespickte Zwiebel und 1/2 TL Salz dazugeben. Das Gemüse in 25–30 Min. garen.

3 Die gespickte Zwiebel entfernen. Essiggurken klein würfeln. Saure Sahne, Essiggurken und gehackte Petersilie zufügen. Mit Essig, Salz, Pfeffer und 1 Prise Zucker abschmecken.

Süßspeisen & Traditionsgebäck

Die Pflicht, am Freitag Fleischloses auf den Tisch zu bringen, brachte die Bäuerinnen auf die ebenso deftigen wie beliebten Mehlspeisen, die den Gedanken an Verzicht in weite Ferne rücken lassen. Die Bayerische Creme ist ihr zartes Pendant.

Bayerische Creme mit Beerenkompott

Für die Creme
1 Vanilleschote
6 Blatt Gelatine
3 Eigelb | 40 g Zucker
⅜ l heiße Milch | 250 g Sahne
Für das Kompott
1 Zimtstange | 40 g Zucker
abgeriebene Schale von 1 Bio-Zitrone
400 g tiefgefrorene Beerenmischung
4 Förmchen

Für 4 Personen
1 Std. Zubereitung | 5 Std. Kühlen
Pro Portion ca. 430 kcal, 10 g EW, 28 g F, 32 g KH

1 Vanilleschote längs aufritzen und das Mark herausschaben. Gelatine einweichen. Eigelbe mit Vanillemark und Zucker dickcremig schlagen. Die heiße Milch langsam unterrühren. Die ausgedrückte Gelatine in 3 EL heißer Milch auflösen und unter die Creme rühren. Die Sahne steif schlagen und unterziehen. In kalt ausgespülte Förmchen füllen und im Kühlschrank in 5 Std. fest werden lassen. Die Creme vom Rand der Förmchen lösen und stürzen.

2 100 ml Wasser mit Zucker, Zimtstange und Zitronenschale aufkochen lassen. Beeren dazugeben, 2 Min. kochen lassen. Das Kompott abkühlen lassen. Zimtstange und Zitronenschale entfernen. Beerenkompott um die Creme herum anrichten.

TIPP
Wenn Sie die Bayerische Creme nicht stürzen wollen, reichen auch vier Blatt Gelatine. Schön sieht es aus, wenn Sie mit einem nassen Löffel Nocken abstechen und mit Beerenkompott garnieren.

preiswert | gelingt leicht

Pfannkuchen

Wenn aus den letzten Teigtropfen nur ein ausgefranstes Gebilde in der Pfanne entsteht, raten die Kinder, welchem Tier es ähnlich sieht.

Für 12 Pfannkuchen
200 g Mehl
4 Eier
400 ml Milch, Salz
Zum Backen
60 g Butter
Zum Füllen
Zucker, Marmelade, Schoko-Nuss-Creme oder Vanillequark

Für 4 Personen | 45 Min. Zubereitung
Pro Portion ca. 430 kcal, 15 g EW, 23 g F, 41 g KH

1 Aus Mehl, Eiern, Milch und 1 Prise Salz mit einem Handrührgerät einen dünnflüssigen Teig schlagen. Den Teig 15 Min. ruhen lassen.

2 Etwas Butter in einer beschichteten Pfanne zerlassen. Mit einer kleinen Schöpfkelle Teig einfüllen. Den Teig durch Rütteln und Schwenken gleichmäßig in der Pfanne verteilen, sodass ein dünner Pfannkuchen entsteht.

3 Den Backofen auf 70° schalten und die fertigen Pfannkuchen darin auf einer Platte warm halten, bis der ganze Teig verarbeitet ist.

4 Die Pfannkuchen können nach Belieben gefüllt werden: etwa mit Zucker oder Marmelade. Gut schmeckt auch eine Schoko-Nuss-Creme (aus dem Glas) oder Vanillequark als Füllung. Auch die pikante Note steht den Pfannkuchen. Dafür die heißen Pfannkuchen mit frisch geriebenem Emmentaler bestreuen und aufrollen.

TIPP

Eine besondere Note bekommen die Pfannkuchen, wenn man noch die abgeriebene Schale von ½ Bio-Zitrone unter den Teig rührt.

WENIGER LEUTE AM TISCH?

Kein Problem. Bereiten Sie trotzdem die gleiche Menge Teig vor und backen Sie die Pfannkuchen wie beschrieben. Übrige Pfannkuchen werden aufgerollt und in Alufolie gewickelt. Man kann sie gut im Kühlschrank 2–3 Tage aufheben. In Streifen geschnitten sind sie die Einlage für ein paar Teller Pfannkuchen-Suppe. Dazu Pfannkuchenstreifen in angewärmte Suppenteller verteilen, mit jeweils 1 Schöpfkelle kochendheißer Gemüse- oder Fleischbrühe übergießen, mit Schnittlauchröllchen bestreuen.

VARIANTE – HEIDELBEERDATSCHI

Aus fast dem gleichen Teig, jedoch wesentlich schneller zubereitet, ist der herrliche Heidelbeerdatschi: Ofen auf 200° (Umluft 180°) vorheizen. Eine große Bratreine mit Butter ausstreichen. 3 Eier trennen. Eigelbe mit 2 EL Zucker schaumig rühren. 150 g Mehl, 1 Prise Salz und etwa ¼ l Milch zufügen. Eiweiße steif schlagen und unter den Teig ziehen. Den Teig in die Bratreine gießen und mit 400 g frischen oder abgetropften Heidelbeeren aus dem Glas bestreuen. Den Datschi in 15–20 Min. goldgelb backen und vor dem Servieren üppig mit Zucker oder Puderzucker bestreuen.

1

2

3

4

5

Klassiker | preiswert

Dampfnudeln mit Vanillesauce

Nur Mut, die lockeren Hefenocken selber zu machen, ist keine Hexerei. Mit einer Suppe davor eine vegetarische Köstlichkeit!

Für den Hefeteig
¼ l Milch
500 g Mehl
25 g Hefe
3 EL Zucker
50 g Butter
2 Eier | Salz
Zum Garen
50 g Butter
1 EL Zucker
¼ l Milch
Ein Topf (∅ 30 cm) mit gut schließendem Deckel
Für die Vanillesauce
½ Vanilleschote
½ l Milch
1 EL Vanillezucker
1 EL Speisestärke

Für 6 Personen | 2 Std. Zubereitung
80 Min. Ruhen | 30 Min. Garen
Pro Portion ca. 600 kcal, 17 g EW, 23 g F, 81 g KH

1 Milch leicht (lauwarm) anwärmen. Mehl in eine Schüssel geben, in die Mitte eine Mulde drücken. Hefe hineinbröckeln, mit 1 TL Zucker und etwas Milch zu einem zähen Brei verrühren. Den Hefevorteig zugedeckt 20 Min. gehen lassen.

2 Butter zerlassen, etwas abkühlen lassen. Eier verquirlen, mit Butter, übriger Milch, restlichem Zucker und 1 Prise Salz unter das Mehl mischen. Den Teig schlagen, bis er sich vom Schüsselrand löst und 40 Min. zugedeckt ruhen lassen.

3 Zum Garen die Butter mit dem Zucker im Topf zerlassen, die Milch zufügen. Die Milch sollte knapp 2 cm hoch im Topf stehen. Den Teig auf einer bemehlten Arbeitsfläche kräftig durchkneten, mit einem bemehlten Esslöffel Nocken abstechen.

4 Die Nocken rund formen, in den Topf setzen und zugedeckt nochmals 20 Min. gehen lassen. Bei milder Hitze in 30 Min. garen. Während der Garzeit den Topf niemals öffnen. Ein sanftes Knistern im Inneren des Topfes – oder ein Glasdeckel – zeigt an, ob die Temperatur richtig ist.

5 Für die Vanillesauce die Vanilleschote längs aufritzen und das Mark ausschaben. Milch mit Vanillemark, -schote und Vanillezucker zum Kochen bringen. Die Speisestärke mit etwas kalter Milch anrühren und in die kochende Milch geben. Die Sauce unter Rühren etwa 2 Minuten kochen lassen, bis sie eindickt. Vanilleschote entfernen. Lauwarm zu den Dampfnudeln servieren.

HEFE-TIPP

Statt frischer Hefe können Sie auch 1 Päckchen Trockenhefe verwenden. Bei dieser Zubereitungsart entfällt der Vorteig. Man mischt gleich alle Zutaten und lässt den Teig entsprechend der Packungsanweisung gehen. Mit frischer Hefe wird der Teig allerdings feiner.
Hefeteig braucht Wärme. Die Zutaten dürfen nie direkt aus dem Kühlschrank kommen. Die Teigschüssel eventuell vorher heiß ausspülen und trocknen.

Klassiker | preiswert

Rohrnudeln

Zum Nachmittagskaffee frisch aus dem Ofen – Genuss pur!

Für den Hefeteig
¼ l Milch
500 g Mehl
25 g Hefe
1 EL Zucker
30 g Butter
1 Ei | 1 Prise Salz
abgeriebene Schale von ½ Bio-Zitrone
Zum Backen
100 g Butter
1 EL Puderzucker zum Besieben

Für 6 Personen | 2 Std. Zubereitung
80 Min. Ruhen | 35 Min. Backen
Pro Portion ca. 505 kcal, 12 g EW, 21 g F, 66 g KH

1 Hefeteig zubereiten, wie im Rezept für Dampfnudeln (Seite 55) beschrieben. Zusätzlich die Zitronenschale unterrühren.

2 Butter in der Bratreine zerlassen, nicht heiß werden lassen. Den Teig durchkneten, mit einem bemehlten Esslöffel Nocken abstechen, Kugeln formen und nebeneinander in die Reine legen. Die Teigkugeln einmal in der Butter wenden. Zugedeckt 15 Min. gehen lassen.

3 Backofen auf 180° (Umluft 160°) vorheizen. Die Rohrnudeln in 35 Min. goldbraun backen. Vor dem Servieren mit Puderzucker besieben.

VARIANTE – ZWETSCHGENNUDELN

Für Zwetschgennudeln jeweils 1 entsteinte Zwetschge in die Mitte der Teigkugeln drücken.

für Gäste

Auszogne

Man nennt sie auch Kirchweihkücherl. Sie schmecken aber das ganze Jahr.

Für den Hefeteig
¼ l Milch
500 g Mehl
25 g Hefe
1 EL Zucker
50 g Butter
1 Ei | 1 Prise Salz
abgeriebene Schale von ½ Bio-Zitrone
Zum Bestreichen
25 g zerlassene Butter
Zum Ausbacken
1 kg Butterschmalz
1 EL Puderzucker zum Besieben

Für 12 Auszogne | 2 Std. Zubereitung
80 Min. Ruhen | 1 Std. Backen
Pro Portion ca. 290 kcal, 6 g EW, 15 g F, 33 g KH

1 Hefeteig zubereiten, wie im Rezept für Dampfnudeln (Seite 55) beschrieben. Zusätzlich die Zitronenschale unterrühren.

2 Den Teig durchkneten, mit 1 bemehlten Esslöffel zwölf Nocken abstechen, Kugeln formen. Mit Butter bestreichen. Zugedeckt 15 Min. gehen lassen.

3 Schmalz in einem weiten Topf erhitzen. Jede Nudel so auseinander ziehen, dass rundherum eine Wulst entsteht und die Mitte dünn bleibt. Jeweils zwei bis drei Nudeln im heißen Schmalz von beiden Seiten goldbraun backen. Auf Küchenpapier entfetten, mit Puderzucker besieben.

oben links: Auszogne | unten rechts: Rohrnudeln

gelingt leicht | preiswert

Zwetschgenbavesen

Kindheitserinnerungen an lustige Faschingsfeste werden wach mit Bergen von saftigen Bavesen.

6 altbackene, weiche Semmeln (Brötchen)
200 g Zwetschgenmus (Pflaumenmus)
½ l Milch
70 g Mehl
4 Eier | Salz

Zum Ausbacken

150 g Butterschmalz

Zum Bestreuen

2 EL Zucker | 1 Prise Zimt

Für 18 Bavesen | 1½ Std. Zubereitung
Pro Bavese ca. 175 kcal, 4 g EW, 8 g F, 21 g KH

1 Die Rinde von den Semmeln abreiben – die Brösel können aufbewahrt und für eine Panade verwendet werden. Jede Semmel in 6 Scheiben schneiden. Auf eine Scheibe Zwetschgenmus streichen, eine weitere Scheibe darauf legen. Die Schnitten in Milch tauchen, auf eine Platte legen und 15 Min. durchziehen lassen.

2 Aus Mehl, Eiern, 1 Prise Salz und etwas Milch einen Teig rühren.

3 Das Schmalz erhitzen. Jeweils 2–3 Bavesen durch den Teig ziehen, etwas abtropfen lassen und im heißen Fett schwimmend von jeder Seite goldbraun backen. Die Bavesen auf Küchenpapier entfetten und mit Zimt-Zucker bestreuen.

MENÜ-TIPP

Für 6 Personen ist diese Menge Zwetschgenbavesen eine wunderbare Mehlspeise, nach einer Gemüsesuppe gereicht, mit einem Birnen- oder Aprikosenkompott als erfrischende Ergänzung.

BLITZ-TIPP

Wer Zeit sparen möchte, nimmt statt der Semmeln Toastbrot. Das lässt sich schneller verarbeiten! Schmeckt auch gut mit Vollkorntoastbrot. Probieren Sie auch mal Dinkelvollkornmehl statt des weißen Mehls.

VARIANTE – SEMMELSCHMARRN

Weißbrot-Resteverwertung, von der auch Kinder begeistert sind, ist der Semmelschmarrn. Er lässt sich schnell und leicht zubereiten, egal, wie viel Weißbrot übrig ist. Für 4 Portionen brauchen Sie 8 altbackene Semmeln, in dünne Scheiben geschnitten. ¼ l Milch mit 3 Eiern, 1 Prise Salz und 2 EL Zucker verquirlen. Eiermilch über das Brot gießen und 15 Min. durchziehen lassen. 40 g Butter in einer großen beschichteten Pfanne erhitzen. Den Schmarrn darin goldgelb backen, immer wieder wenden. Vor dem Servieren mit Zimt-Zucker bestreuen. Zwetschgen- oder Apfelkompott schmeckt gut dazu.

Zum Gebrauch

Damit Sie Rezepte mit bestimmten Zutaten noch schneller finden können stehen in diesem Register zusätzlich auch beliebte Zutaten wie **Kartoffeln** oder **Wammerl** – ebenfalls alphabetisch geordnet und **hervorgehoben** – über den entsprechenden Rezepten. Bei ausgesprochen bayerischen Zutaten oder Rezepten finden Sie die hochdeutsche Entsprechung in Klammern dahinter.

DAS ORIGINAL MIT GARANTIE

Ihre Meinung ist uns wichtig. Deshalb möchten wir Ihre Kritik, aber auch Ihr Lob erfahren, um als führender Ratgeberverlag noch besser zu werden. Darum schreiben Sie uns! Wir freuen uns auf Ihre Post und wünschen Ihnen viel Spaß mit Ihrem GU-Ratgeber.

Unsere Garantie: Sollte ein GU-Ratgeber einmal einen Fehler enthalten, schicken Sie uns das Buch mit einem kleinen Hinweis und der Quittung innerhalb von sechs Monaten nach dem Kauf zurück. Wir tauschen Ihnen den GU-Ratgeber gegen einen anderen zum selben oder ähnlichen Thema um.

GRÄFE UND UNZER VERLAG

Redaktion Kochen & Verwöhnen

Postfach 86 03 13
81630 München
Fax: 0 89/4 19 81-113

oder schreiben Sie uns eine E-Mail an:
leserservice@graefe-und-unzer.de

Die Temperaturangaben bei Gasherden variieren von Hersteller zu Hersteller. Welche Stufe Ihres Herdes der jeweils angegebenen Temperatur entspricht, entnehmen Sie bitte der Gebrauchsanweisung. Bei Elektroherden können die Backzeiten je nach Herd variieren.

Programmleitung: Doris Birk
Leitende Redakteurin: Birgit Rademacker
Redaktion: Monika Greiner
Lektorat: Margarethe Brunner
Layout, Typografie und Umschlaggestaltung: independent Medien-Design, München
Satz: Liebl Satz+Grafik, Emmering
Herstellung: Martina Ruhland
Reproduktion: Repro Ludwig, Zell am See
Druck und Bindung: Appl, Wemding

ISBN (10) 3-8338-0302-9
ISBN (13) 978-3-8338-0302-4

Auflage 5. 4. 3. 2. 1.
Jahr 2010 09 08 07 06

GRÄFE UND UNZER

Ein Unternehmen der
GANSKE VERLAGSGRUPPE

Die Autorin

Brigitta Stuber ist ein bayerisches Urgestein. Sie hält in ihrer Familie Traditionen im Jahresrhythmus aufrecht, bekocht Freunde und liebe Verwandte nach Herzenslust. Ihr kulinarisches Wissen gibt sie mit Begeisterung in Kochbüchern und -kursen für Erwachsene und Kinder preis und schrieb die Rezepte ihrer Familie für dieses Buch auf.

Die Fotografin

Barbara Bonisolli beschäftigt sich seit Jahren mit Ess- und Trinkbarem. In ihrem Studio am Münchner Viktualienmarkt fotografiert die leidenschaftliche Köchin für Bücher, Magazine und Kampagnen. Unterstützt wird sie dabei von Claudia Juranits (Fotoassistenz) und Hans Gerlach (Foodstyling) mit Assistent Alexander Kühn.

Bildnachweis

Titelfoto: Joerg Lehmann, Paris; alle anderen: Barbara Bonisolli, München

Titelbildrezept

Schweinebraten von Seite 28 mit Semmelknödeln von Seite 47

GU-EXPERTEN-SERVICE

Haben Sie Fragen zu den Rezepten oder benötigen Sie weiteren Rat zum Thema? Dann schreiben Sie uns. Unsere Experten helfen Ihnen gerne weiter. Unsere Adresse finden Sie links.

Kochlust pur.

Die neuen KüchenRatgeber – da steckt mehr drin.

ISBN (10) 3-8338-0301-0
ISBN (13) 978-3-8338-0301-7

ISBN (10) 3-8338-0305-3
ISBN (13) 978-3-8338-0305-5

ISBN (10) 3-8338-0309-6
ISBN (13) 978-3-8338-0309-3

Preis je Band: 7,50 €

ISBN (10) 3-8338-0306-1
ISBN (13) 978-3-8338-0306-2

ISBN (10) 3-8338-0303-7
ISBN (13) 978-3-8338-0303-1

ISBN (10) 3-8338-0318-5
ISBN (13) 978-3-8338-0318-5

Änderungen und Irrtum vorbehalten.

Das macht sie so besonders:

Neue mmmh-Rezepte – unsere beste Auswahl für Sie

Praktische Klappen – alle Infos auf einen Blick

Die 10 GU-Erfolgstipps – so gelingt es garantiert

GU

Willkommen im Leben.

Typisch bayerisch – Kochen mit Bier

Biersuppe

Rindsgulasch

Dunkelbiereis

Mit Bier verfeinerte man schon immer deftige Gerichte. Heute entdecken Spitzenköche bayerische Biersorten als raffinierte Zutat, die auch mit der feinen leichten Küche harmoniert. Sie sollten sich das Experimentieren mit Bier allerdings verkneifen, wenn Kinder zur Tafelrunde gehören.

Altbayerische Biersuppe

Für 2 Portionen ½ l dunkles oder helles Bier mit 2 EL Zucker, 1 Stück Bio-Zitronenschale, je 1 Prise Salz und Zimt aufkochen lassen, Schaum abschöpfen. Aus 30 g Butter und 2 EL Mehl eine helle Einbrenne rühren, nach und nach mit Bier aufgießen. Die Suppe von der Herdplatte nehmen. 1 Eigelb und ⅛ l Sahne gründlich verrühren und untermischen. Mit etwas Salz und Zucker abschmecken. Sofort servieren.

Feines Rindsgulasch

Für 2 Portionen 400 g Rinderfilet in 2 cm große Würfel schneiden. 1 Stange Lauch, 1 Zwiebel, 1 Möhre und 3 Essiggurken klein schneiden. Fleisch in 2 EL Öl gut anbraten, Gemüse und 2 EL süßen Senf untermischen. Mit 100 ml Fleischbrühe (Seite 18), ¼ l Exportbier und 100 ml Sahne aufgießen. 1 TL Mehl kalt anrühren, Sauce damit leicht binden. 10 Min. zugedeckt köcheln lassen. Mit Salz, Pfeffer und Zucker abschmecken. Dazu schmecken Semmelknödel.

Maronisuppe mit Bier

200 g Maroni im Ofen 20 Min. bei 200° rösten, dann schälen und halbieren. 2 klein geschnittene Schalotten mit den Maroni in 1 EL Butter braten. Mit 500 ml Exportbier aufgießen, 5 Min. köcheln lassen, 300 g Crème fraîche unterrühren. Mit Salz und Pfeffer abschmecken. 250 g gemischte geputzte Pilze ebenfalls in 1 EL Butter braten, mit Salz und Pfeffer würzen. Suppe in Tassen füllen, Pilze und Petersilienblättchen dazugeben.

Dunkelbiereis mit Kaffeeschaum

Je ⅛ l Milch, dunkles Bier und Sahne mit 1 EL Vanillezucker aufkochen lassen. 1 Eigelb mit 2 EL Zucker schaumig rühren, langsam die heiße Sahnemischung unterschlagen. Gefrieren lassen. Für den Kaffeeschaum 200 g Sahne mit 1 EL ganzen Kaffeebohnen aufkochen lassen, dann durchseihen. 3 Eigelbe mit 50 g Zucker cremig schlagen, unter die heiße Kaffeesahne mischen und abkühlen lassen. 2 EL Schlagsahne unterziehen. Eis mit Kaffeeschaum servieren.